FUCKILLOVE
Matsuda
松田龍樹
FUCKILLOVE
FUCKILLOVE
PRICE 20
文芸社

00

大浦《おおうら》唆十理《さとり》の趣味は他人に道を聞くことだ。

01

「すいません」

「はい？」

「あの、道を聞きたいんですが……」

「ああ」

「井の頭通りって、どっちですか？」

「あ、えーっと……」

「……この辺の方ですか？」

「そうなんですけど、引っ越してきたばかりで……」

「ああ」

「たぶん、そこを右に曲がってしばらく行ったところに大きな道があるけど、それが確かそんな名前じゃなかったかな……」

「あ、そうですか、行ってみます。ありがとうございました」

唆十理は言われた方に歩き出した。さっき見た三鷹駅前の地図を思い浮かべる。間違いない。それが井の頭通りだ。

「あの、どこまで行くんですか?」

びくっとして唆十理が振り返る。今しがた道を聞いたばかりの女性が、うしろから声をかけてきた。虚を衝かれた唆十理の顔を、マスカラをたっぷりつけた瞳が見つめていた。二十歳ぐらいだろうか。顔は整っていて間違いなく美人だ。が、どこか着ているものや化粧が垢抜けない。

「吉祥寺まで」

とっさに言った。ちょっと声が裏返った。

「あ、わたしも今から行くとこなんです」

と言って彼女は笑顔になった。そして唆十理と並んで歩きはじめた。唆十理は戸惑ってしまった。こんなパターンは初めてだからだ。

今までに何度も道を聞いてきた。が、それ以上の会話をすることはほとんどなかった。ときには親切に途中まで案内してくれるような人もいるにはいたが、彼女ほど美しくはなかった。しかも、東京での〈道聞き〉はこれが初めてだ。

「買い物とか、ですか?」

「いや、部活に」

彼女はそう答えてから、唆十理をちらっと見た。

「ああ、そうなんだ」

唆十理はこのとき、ぴんとくるものがあった。

「……あの、もしかして祥華大の人じゃないですか?」

そう聞いたのは、彼女の方だった。

唆十理は改めて彼女の顔を見て思い出した。そういえば授業で見たような気がする。

大学にはそういう「顔見知り」が多くいる。話したことはない。挨拶も交わさない。だが、授業が同じなために何度も顔を合わせる人間のことだ。たいてい授業は広い教室で、大人数を相手に行われるので、記憶に残らない人間の方が多い。しかし、一度「顔見知り」になってしまうと、授業のたびに無意識にその人間の顔を探してしまっている。

それは、例えば通勤や通学の電車で毎朝会う「顔見知り」や、近くのコンビニでたまに見かける「顔見知り」と同じ関係なのだろう。ただ少し違うのは、同じ大学の学生ということだ。なにか些細なきっかけでもあれば、たちまち友達になれるはずなのだ。

「え、ああ、もしかして祥華大なの？」

質問には直接答えず、唆十理は聞き返した。

「うん、そう。やっぱり、どっかで見たと思った」

長い夏休みで「顔見知り」の顔を忘れかけていた。唆十理は前期の授業で何度かその彼女を見かけたのを思い出した。確か「哲学」の授業だ。哲学は一限で出席もとらないため、唆十理は五月ごろまでは真面目に出たが、あとはまったく出なかった。

「経済だよね？」

唆十理は、観念していた。まさか「顔見知り」に〈道聞き〉をしてしまうとは……。

〈道聞き〉は唆十理の秘密の趣味であり、大学の友達なんかにはそのことは知られたくなかった。だから、哲学の授業で何度か見かけた彼女に、自分の「正体」を見破られるのが嫌だった。しかし、こちらが憶えていたように、向こうも自分のことを記憶の片隅に留めていたようだ。

唆十理は、あくまで偶然ということで乗り切ることにした。

「うん。経済の一年」

「あっ、ほんと？　わたしも一年だよ」

「マジで？」

「哲学とってなかった？」

「ああ、とってた」

「やっぱり。後半あんまりこなかったよね？」

「うん。俺、朝弱いから」

　唆十理は少々当惑気味だった。彼女が、自分が哲学の授業をサボっていたことを知っていたからだ。自分が彼女を見ていた以上に、彼女は自分を気にかけていたのかもしれない。そう唆十理は思った。苦笑いが漏れた。

「もしかして一人暮し？」

　苦笑いした唆十理に、彼女がそう問いかけた。

「うん」

「どこにすんでるの？」

「え、うん、練馬区」

「遠いんだ」

「いや、大学からだったら歩いて十五分くらいだよ」

「え、そうなの？　練馬ってそんな近いの？」

峻十理は武蔵野市と練馬区が隣り合っていることを説明した。自らも上京してアパートを探すときに、練馬区はどうですか？　と言われて戸惑ったことなどを少し大袈裟に話してみせた。地方出身者には東京の地理はよくわからない。

「一人暮しなの？」

今度は峻十理が尋ねた。

「うん、さっき声かけられたところのすぐそば」

峻十理は「声かけられた」という言葉にぎくりとした。彼女は自分がナンパでもしていたのではないかと疑ってはいないだろうか。いや、もしそう受けとるならそれでも構わない。自分の〈道聞き〉の真意をさとられるよりは。

だが、どう邪推しても彼女の言葉に他意は感じられなかった。

「三鷹か……」

自分の心を読まれないように、とりあえずそう口にしてみた。

「どこに行くの？」

「え、帰るんだよ」

「三鷹になにしにきたの？」

「友達のうちに遊びに」

とっさに嘘をついた。

「え、で、もう帰るの？」

まだ正午を少しまわったくらいだった。

「ああ、いや、きのう一緒に飲んでて泊めてもらったんだ。で、さっきまでそいつんちで寝てたんだけど、急にそいつの彼女がきて追い出されたんだ」

「ふーん」

あまりうまい嘘とは思わなかったが、いちおう辻褄は合っているはずだ。もし、その友達も祥華大のやつかと聞かれたら、就職で上京してきた地元の友達だ、と答えようと唆十理は次の嘘も用意していた。祥華大だ、と言ったらまた面倒なことになるから、その答えはなかなかいいなと一人思った。

「でも、祥華大だったら井の頭通りくらい知ってるんじゃない？」

質問は「道」についてだった。

やはり唆十理の〈道聞き〉を不自然に思っているのかもしれない。いまさらながら、大学のそばでそれを行ったことを後悔した。もっとも唆十理は田舎者の感覚で、一駅離れたのだから大丈夫だろうと思っていた。しかし、地方のローカル電車と違って、東京の一駅は歩いていける距離だ。

唆十理は小学生のころ、電車で三十分の祖父母の家に行くとき、ちょっとした旅行気分だった。東京にきて、大学の友達に片道一時間かかるのがいるのを聞いて驚いた。そしてそれが、そう珍しいことでないと知って二度驚いたのを思い出した。

「そういう自分も知らなかったよね?」

うまい切り返しだと思った。

「いや、知ってはいるんだけど、いざ聞かれると自信なくて。五日市街道とか吉祥寺通りとかごっちゃになってて……地元に住んでたころは、いちいち通りの名前なんて憶えなかったもん」

唆十理も同感だった。だが東京人はよく通りの名前を知っている。山手通り、早稲田通り、外苑西通り、靖国通り、新宿通り……。唆十理でさえも通りの名前を挙げることができる。だが、それがどこをどう通っているのかはわからない。きっとそれらの通りが、まだ地元にいるころ読んだ小説に何度か出てきたからだろう。そしてそのたびに、その通りがどんな通りかイメージできずに唆十理は歯痒い思いをした。

「そうだよね」

と唆十理が同意を示したところで、ちょうど交通量の多い車道に出た。井の頭通りだ。

吉祥寺方面に向かって歩きながら、二人はお互いのことをいろいろ話し合った。彼女は長野の出身で推薦入試できたこと。バスケ部のマネージャーをしているが、思ったより忙しくて少し辞めたいと思っていること。「部」じゃなくて「サークル」にすればよかったということ。大学の授業は思っていた以上につまらないということ。部以外では友達が作りにくいことなどだ。唆十理とは哲学以外にも「生物学」と「倫理学」、あと必修の「経済史」が同じ授業だともわかった。

「彼氏いるの?」

唆十理は唐突に聞いた。もう知り合ったばかりのもの同士がする、お決まりの質問はそれぐらいしか残っていなかった。

丸井吉祥寺店が見えてきた。丸井は東京のいたるところにある。が、晙十理の地元にはない。

「いないよ」

当然のように答えた。

「でも、バスケ部でしょ？　男たくさんいるし、君ならモテるはずだよ」

「えーそんなことないよ。それに好きな人いないし」

「まあでも、そのうちできるよ」

「そういう自分はいないの？」

「え、いないよ」

晙十理は二度目の嘘をついた。

「ほんとー？　絶対いそうだよ」

「いや、いないって。部活もサークルもやってないし、出会いってなかなかないんだよね」

「だよねー」

吉祥寺駅南口の階段まできていた。

「あ、おれ昼めし食って帰るから……ここで」

「うん」

大学は駅の北口にある。唆十理はこれ以上あれこれ会話するのが苦痛だったのと、本当に腹が減って昼めしを食いたいのとで、そこで別れようと思った。

「じゃあ」

唆十理は軽く右手を挙げた。

「ねえ、名前。名前教えてよ」

そう彼女が尋ねてきた。少しの間、唆十理は迷った。〈道聞き〉をしていて名前を聞かれたのは初めてだった。

「……唆十理。大浦唆十理」

彼女がどんな字か聞いてきたので、「唆《そその》かす」に「数字の十」、「理科の理」と唆十理は早口で言い、ただの当て字で意味は無い、とつけ加えた。彼女が「唆す」という漢字を知らないだろうと思ったが、聞かれなかったので言わなかった。

「えっと、夏木美染《なつきみそめ》です」

唆十理の頭に「ナツキミソメ」という文字が浮かんだ。変わった名前でしょっと彼女が言った。

「そっか、じゃあね」

ナツキミソメがどんな漢字を当てるのか、唆十理は聞かなかった。

「これも出会いだよね？」

歩き出そうとした唆十理に、ナツキミソメが同意を求めるように聞いた。唆十理はあいまいに頷いてから、背を向けた。

02

「コオロギくんでしょ」

「コオロギ？」

「そうコオロギ」

「それって、あだ名？」

「いや、本名らしいよ」

「なんで知ってるの？」

「語学クラスが同じ子が言ってた」

「って言うか、なんなのあいつ」

「頭がおかしいに決まってるじゃん、どう見たって」

「ね、眼ぇ、やばくない？」

「あんまり見ちゃだめだって。ほら、こっち見た。ヤバイヤバイ」

「うわ、こわっ」

「倫理学」の授業はホールと呼ばれる建物で行われる。四百人以上は収容できるだろう。扇形になっており、ステージから雛壇状に机と椅子が並んでいる。一番うしろに座ればホール全体が見渡せる。

唆十理はうしろから三列目、ステージから見ると右奥の席に座っていた。うしろでは女の子二人が授業そっちのけでおしゃべりに夢中だ。

後期がはじまってからもう一ヵ月がたっている。唆十理の席からは、ほぼ最前列で友達と授業を受けている美染の姿が見えた。学内や授業で見かけると美染は話しかけてきたが、唆十理は挨拶以上の会話を避け続けた。最近ではすれ違っても知らん振りをしてくれるようになった。「顔見知り」は「顔見知り」のままでいいのだ。

唆十理と美染の中間地点、ホールの座席のほぼ中央に「コオロギくん」はいた。耳にヘッドホンをしている。唆十理の場所からは聞こえないが、もしかしたら音が漏れているのかもしれない。コオロギくんはヘッドホンの音楽に合わせて体を揺らしている。肩でリズムをとっている。たまに電車の中などで自分の世界に入ってしまい、知らず知らずに足でリズムをとったりしている人なら見たことはあるが、それとはだいぶ趣が違うようだ。

自分の世界に入っているというよりは、自らの世界をまわりに誇示しようとしているかのようだ。過剰に全身を揺さぶっている。

彼の近くに座ったものたちは、無視したり、当惑したり、苦笑いを漏らしたり、それぞれになんとかやり過ごそうとしている。

「今日って、これで終わり?」

「そう」

「もう、帰らない?　なに言ってるかよくわかんないし」

「だね」

「もう出ちゃおうよ」

「でも気まずくない?」

「大丈夫だよ、なにも言われないって」

「わたし、そういうとこ小心者なんだよね」

「ってか、変なとこ真面目だよね。女子高出身でしょ?」

「そうだけど、関係無いよ」

「まあ、ね。この大学自体、真面目な子多いしね。……あ、ビデオ見るみたい。暗くなったら出よ、ねっ？」

「うん、わかった」

講師がパソコンのようなものを操作している。ホールが薄暗くなり、プロジェクターとスクリーンが天井から降りてくる。うしろの女の子たちが席を立つのがわかる。

「ん？」

ずっとマイクを使って話していた講師が、地声でそう言った。女の子たちの動きが止まった。

「なにか聞こえますね」

今度はマイクを使ってそう言った。暗くてみんなの様子は見えないが、なにかを察している空気が伝わる。

「誰だ？　講義の最中に音楽聴いてるやつは？」

講師は言葉ほど怒っている様子はなかった。日ごろのうるさい私語に慣れているからだろうか。

「講義のときは静かにしてください」

そう言ったきり注意はしなかった。女の子たちは段々を降り、中ほどのドアから出ていった。ドアを開けたときに外の光が射し込んだ。コントラストの強いコオロギくんの横顔が見えた。ヘッドホンはまだしていた。

ビデオの音と映像がはじまってから唆十理もホールを出た。他の学生にはあまり知られていない裏の階段を降りて。

さっきの二人組が、はしゃぎながら正門を抜けていくのが見えた。門から続く欅《けやき》並木が紅葉していて美しい。

唆十理は近くのベンチに腰かけた。風が冷たくて気持ちいい。キャンパスを歩く人はまばらだ。夏休み前まで学生でごった返していたのが嘘のようだ。後期になるにつれみな要領を覚え、必要最低限の授業しか出なくなる。

普段なら授業が終わればさっさと帰ってしまう唆十理だが、今日は落ち着いたキャンパスを少し眺めてみたかった。

唆十理は浪人してこの大学に入った。と言っても、この大学に入るために浪人したわけではない。現役のとき地元の国立大に落ちた。そして宅浪した。再びその国立大を受けるためだ。現役のころは地元の大学に行くことしか考えていなかったが、浪人してから漠然と東京もいいなと思いはじめていた。両親に頼んで、受けるだけ受けさせてもらうことにした。もちろん、行く気はなかった。パンフレットをいくつかとり寄せ、偏差値と受験日でこの大学を受験することにした。

吉祥寺の大学——そうパンフレットには謳われていた。もしかするとその街がよくマンガなんかに出てくるのを知っていたから、実際一度行ってみたくて受験したのかもしれない。

国立大の試験はセンター、二次ともに手応えがあった。吉祥寺の大学にうしろ髪引かれないでもなかったが、晙十理は合格を確信していた。

しかし、また落ちた。手元には不合格通知と合格通知が届いていた。祥華大には合格していた。後期日程も受けたが、そのときには東京に行くことを決めていた。両親も祥華大は名前こそ知られていないが、なかなかの名門校だと知り、まんざらでもなさそうだった。

思ったとおり後期も不合格で、晙十理は祥華大に入学することとなった。

——一人になりたかったのだ。

図書館から出てくる眼鏡の学生を晙十理は見送った。重そうなリュックを背負い、せっかちそうに歩いている。彼も授業でよく見かける「顔見知り」だ。決まって最前列で受講し、終わると講師に質問していた。友人らしき人と一緒にいるのは見たことがない。

 唆十理は浪人が決定したとき、他の浪人生同様、予備校に通うつもりだった。が、よくよく考えてみると、元々学校のような場所に通うのは好きではないし、落ちたと言っても偏差値的にはさほど無理なわけではなかった。一年間、人並みに勉強さえすれば受かる自信があった。それで宅浪することに決めた。

 同じ高校の友達は半分が大学生、半分が予備校生となっていた。夏くらいまでは、仲のよかったものと会うこともあったが、それもだんだん疎遠になった。

 それで気づいたことがある。学生とはなにもすることがない、ということに。

 中学のころ英語の授業で、schoolの語源はもともとギリシャ語で「暇」という意味だと教師が言っていた。今と違い当時は、ほとんどの人間は働かねばならず、学校に行けるのは上流階級の裕福な人間だけだったらしい。働かなくてもいい暇人が通う場所。それが学校だったのだ。

 なるほど、逆に考えると、学校に通わない学生は「暇」ということになる。

 果たして唆十理は暇になった。もちろん受験勉強はしなければいけないが、それも自分の心一つである。両親は共働きで、唆十理は一人っ子だったので、朝から夕方遅くまで自由に行動することができたのだ。

だが、唆十理はその自由さを利用し遊び呆けたわけではなかった。真面目に勉強した。予備校に行きながら、ろくに授業も聞いていない学生よりは数倍勉強した。

それはある種、唆十理にとって幸福な日常だったのかもしれない。不必要な人間関係に悩まされることもなく、あまり意味のない規則を気にすることもない。寝たいときに寝て、勉強したいときに勉強する。唆十理は、漠然と抱いていた理想の生活を実践できたのだ。

だが、そういった唆十理にとって理想的な生活も、しばらくするとうまくいかなくなってきた。十八歳の青年が両親以外の誰とも口をきかず生活するというのは、想像以上に耐え難いことだった。学校に通っているときには、集団の中にいるのがあまり好きではなく、それほど積極的に友人を作ろうとはしなかった。だから浪人して一人になれたときは清々した気持ちすらあった。が、いざ一人になってみるとそれはそれで辛いものだった。だからと言って、友達や家族と話したいとはほとんど思わなかった。彼らとの会話を想像すると、重く鬱陶《うっとう》しく、まったく魅力を感じなかった。

そんなときだった。唆十理は大手予備校の模試を受けに行く途中、道に迷った。今にして思えば、その辺の誰かに道を聞けばすぐにすむ話だ。が、そのころは単に道を聞くことでさえ、他人に話しかけるというのは、唆十理にとってかなりの勇気が必要なことだった。うろうろした挙句、試験開始時間ぎりぎりになってようやく唆十理は一人の女性に道を聞くことができた。二十代後半らしきその女性は、笑顔でとても親切に教えてくれた。唆十理が模試を受けに行くのだとわかると、別れ際に励ましの言葉までかけてくれた。鬱々とした毎日を送っていた唆十理は、短い会話ながらもそれまで溜まっていた心の埃や塵が洗い流されたような、そんな感覚になった。

それから、唆十理は心に埃や塵が溜まると道を聞くようになった。大半は若い女性だったが、ときには男性や老人、カップルなんかにも聞くことがあった。

——あるいは、歪んだ性欲の発露だったのかもしれない。唆十理もごく普通に性欲があり、異性に興味があった。〈道聞き〉をしていても、やはり女性の方が圧倒的にカタルシスは大きかった。

〈道聞き〉がナンパの手段としてメジャーなものだと知ったのは、大学に入ってからだ。大学で覚えたインターネットによって知ったのだ。もし、そのころそういった予備知識があればナンパに移行した可能性もあったかもしれない。しかし、結果として〈道聞き〉がナンパへと発展することはなかった。それをする度胸や技術がないというのもあったが、そもそもそういった欲望が希薄だった。誰かと出会い、深くつき合いたいと思うほど唆十理は強欲ではなかった。ただ、時折、他人との些細な会話ができればよかった。それはそれで刺激的であり、常に新鮮でもあった。

ナンパにおいては〈道聞き〉は手段であるが、唆十理においては目的そのものだった。いや、根っこの部分では同じ欲望なのかもしれない。精子が言葉に変わっただけで、なにかを放出するという意味では射精に似ていなくもない。

結局、〈道聞き〉がいったいなんなのか定義する言葉を唆十理は持ち合わせていない。ただ言えることは〈道聞き〉は〈道聞き〉であり、唆十理にとっては生きていく上で必要不可欠な行為になりつつあるということだ。

四限が終わったらしく、いっせいに学生が校舎から出てくる。唆十理の座っているベンチは正門に続く通り道だ。唆十理は内省するのをやめて、ベンチを立った。塞ぎ込んだ気分をそのままにしておきたかった。もし知り合いにでも会えば、愛想笑いをしなければならない。それは是非にも避けたいことだった。

図書館に向かう。途中、美染が歩いているのが見えた。友達と別れるところらしく、小さく手を振っていた。一人になった瞬間、ふっと彼女が溜息をついたように見えた。だがすぐに別の友達とすれ違ったらしく、大袈裟に手を振っていた。

唆十理は図書館が好きだ。

整然と並んだスチール製の本棚にぎっしりと本が詰まっている。試験前でもなければいつも大学の図書館は空いている。唆十理は本を直接読むのではなく、その並んでいる様を見ていろいろと想像するのが好きなのだ。

雑誌コーナーを覗いてみる。驚くほど多種多様な雑誌が並んでいる。教育に関する本から、マニアックなパソコン雑誌まで。

唆十理は自分がもっとも読まなそうな本を手にしてみた。

『月刊　生徒指導』

二色刷りの簡素な表紙にはそう書かれていた。特集は「制服の乱れ」のようだ。中を見てみると、主に全国の教師たちの投稿で埋め尽くされていた。雑誌の薄さ同様、内容も薄っぺらいものだった。ちらっと読んで唆十理は、どの教師の手記も「わたしは今時の生徒にも理解を示している」という主張が隠されているのがわかった。なんとなく生徒に媚びているのだ。なぜこうも最近の大人は子供の顔色を気にするのだろうか？

「それはさー、つまり個人の価値観が多様化してるってことなんだよ、なるほど」

峻十理は驚いて声の方向をさぐった。それは峻十理が立っている棚の裏から聞こえた。

「自由とはモラルの低下と同義だね。そうそうモラルハザードだ。バイオハザードはおもしろかった。茶化すな。ところで博士のお考えは？　いやー、まったく同感ですな、うへん。すべての価値観の上に君臨するのが経済なんですな。現代ジャポン。金ですよ、金。平たく言えば。議長！　話の論点がずれてきているのでは？　そうですな、博士、では結論を。いや結論の前に戦後民主主義の定義に関する論議が不十分だと思うのですが。そういう先生は、ではどう定義なされるので？　つまりわたしは衆愚政治こそ、政治の本質だと言いたいわけですな、いやはや。うへん、それは危険な思想ですぞ先生、うへん。ところでこのあと飲みに行きませんか？」

声に気づいた女子学生が顔をしかめた。峻十理はそれとなく棚の裏が見える位置に移動した。

コオロギくんだ。なにやら一所懸命にしゃべくっていたのはコオロギくんだった。

唆十理は再びもとの位置に戻り、コオロギくんの議論を聴くことにした。が、コオロギくんは話し終わったらしく、さっさと図書館を出ていってしまった。

女子学生がそのうしろ姿を奇異の目で見つめていた。ふっと唆十理と目が合う。唆十理はちょっと小首をかしげてみせた。が、女子学生はすぐに目をそらし、もとの本を読みはじめた。

唆十理は速足で図書館をあとにした。

03

「エッチぃーの見ようよ、エッチぃの。あ、こっちだこっち。あるよ、ほら」

「こんなの見なくても、やりゃあいいだろ、普通に」

「えー、なんかたまには違うことしようよー。あーこれは、これ？　加藤鷹だよー」

コオロギくんはビデオ屋にいた。竣十理が大学からつけているのには、まったく気づいていないようだ。吉祥寺駅そばのビルの中にあるレンタルビデオ店だ。竣十理も会員になっており二、三度利用したことがあるが、自宅の近くにもっと安い店があることを知ってからは、まったく訪れていない。コオロギくんは店内を一周してから、その少し色合いの違うコーナーに入っていった。

実を言うと竣十理はアダルトビデオを借りたことがなかった。見たことはある。高校のとき友達に貸してもらったり、譲ってもらったりして。が、借りたことはなかった。単純に人目が気になるからだった。明るい店内で、女性客もいる中、そのコーナーに立ち入るのは躊躇《ためら》われた。借りるときの店員の視線も気になる。だから今までにその手のビデオを唆十理は借りたことがなかった。

「うわ、なにこれ？　熟女シリーズだって。おばさんだよこれ。こんなんで勃起する人いるのー」

さっきからミニスカの女がきゃあきゃあ騒いでいる。彼氏らしき男はそれに手を焼いている。そんなことに頓着する様子もなく、コオロギくんは新作コーナーと女優物コーナーを行ったりきたりしている。たまになにかつぶやいているようだが、唆十理には聞こえない。

唆十理は軽い興奮を覚えていた。もともとそんなに性欲の強い方ではない。ここ一ヵ月ぐらいは自慰もしていなかった。

唆十理は、福岡智子のことを思い出していた。智子とは、おとといセックスをしたばかりだ。所謂、唆十理にとっての「彼女」だった。

入学したばかりのころ、入る気のないサークルの新歓コンパを、唆十理はある目的のためにまわっていた。どこの大学にでもあるようなテニスサークルだった。その飲み会で智子と出会った。童顔だが垢抜けしたファッションと東京出身というところが唆十理は気に入った。唆十理はテニスサークルを体のいい恋人紹介所だと思っていた。

どの新入生もイイ男、イイ女探しで目が輝いていた。

唆十理はその飲み会で智子を口説いた。あからさまに「狙っている」のがわかるぐらいに。それが智子の自尊心を満たしたらしく、向こうもその気だった。下手するとそのまま唆十理のアパートに泊まっていきそうなくらいだった。が、唆十理はあえてその日はあっさり別れた。智子もこれからサークルで会うのだから、といった様子だった。

唆十理はそのテニスサークルには入らなかった。もともと入る気などなかったからだ。そのあと何度か学内で智子を見かけたが、唆十理はそっけない態度で通した。智子は見るたびにサークルの連中と仲よさそうに歩いていた。

ゴールデンウィーク明けくらいだろうか、突然夕方、智子から電話があった。吉祥寺に一人でいるから、よかったら夕食を一緒に食べようということだった。

その晩、智子は唆十理の家に泊まってセックスした。

食事のとき智子はずっとサークルの愚痴を言っていた。連休明けで「友達の分布図」が変わったらしい。五月の連休は、四月に出会った友達との本契約の日ということだ。それまでの間が「お試し期間」のようなもので、もしその友達が嫌ならば、その五月の連休明けを区切りに離れるらしい。

智子のセックスは、そこそこに恥じらいを持った、男が望むかわいい女の子のそれを裏切るものではなかった。もちろん、処女ではなかった。唆十理は智子が二人目だった。一人目は高校で三ヵ月だけつき合った彼女とだった。

智子は文学部だったので唆十理と一緒に授業を受けたり、学内を歩いたりすることはほとんどなかった。週に二、三回会い、アパートにくるときだけセックスした。ディズニーランドにも二度行った。会話は、友人の悪口と大学生活の愚痴とサークルの恋愛相関図の説明がほぼすべてで、その隙間に最近見たテレビについての感想が述べられた。

だから、唆十理は〈道聞き〉を続けなければならなかった。当然、智子は〈道聞き〉については知らない。唆十理にとって智子とのつき合いは、一つの試みだった。特定の「彼女」がいれば、自分は〈道聞き〉を必要としないのではないか。性的に満たされていれば、〈道聞き〉をしないのではないか。そういった疑問を検証するためだ。

「うわ、あの人ちんちん触った」

ミニスカの女がコオロギくんを指差していた。だが、本人は気づいていないようだ。

峻十理も煽情的なビデオパッケージと智子との情事を思い出して、性器を固くしていた。

　おとといのセックスは激しいものだった。いや、峻十理は普段と変わらなかった。智子が必死だったのだ。夏休みに入り、智子は峻十理のアパートに泊まることが多くなった。そのころから智子は「攻め」るようになってきたのだ。自らが上に乗っかったり、腰を動かすようになってきた。口で峻十理のものを愛撫するときも、はじめのころは恐る恐るといった感じだったのだが、おとといなどは尿道に舌を挿し入れるまでしてきた。峻十理は射精を繰り返しながら、なにかが溜まっていくのを感じていた。

「おい、帰るぞ」

「えー、借りないのー？」

「いいよ、おまえ恥ずかしくないのかよー」

「恥ずかしくないよー、みんなエッチなビデオ見てんだからー。ねっ？」

「ねっ？」は峻十理に向けてのものだった。あいまいな表情で応えた。女と連れの男が出ていくのを見送った。気づくとレジではコオロギくんがビデオを借りていた。峻十理はコオロギくんよりも先に店を出た。

エレベーターを待っているとコオロギくんが出てきて、唆十理がどうしようかと迷っているとコオロギくんは階段で降りていった。小さな白い紙を見ていて、すぐにそれをぽいと捨てた。唆十理はコオロギくんが見えなくなってからそれを拾ってみた。

『☆☆ビデオイリュージョン吉祥寺店☆☆／　営業時間　10:30〜25:00／武蔵野市吉祥寺北町　×-×-×／TEL　0422-22-××××／＊袋は返却して頂きますよう御願いします。／＊返却及び貸出は、営業時間内のみの受付けとなっております。／01667　興梠正博　様／2001/10/30　18:33／01 090808貸出　篠原恭子　あぶない放課／02 093277貸出　素人　女子大生ミスキャ／03 036453貸出　キラー猪木Ⅳ／合計882円』

「興梠正博《こおろぎまさひろ》」

唆十理は声に出して読んでみた。そしてそのレシートを尻ポケットに入れた。

帰り際、唆十理は〈道聞き〉をした。あのときの教訓で吉祥寺周辺ではしないと決めていたのだが、たいして気にしなかった。

サラリーマン風の男に五日市街道はどこかと聞いて、教えてもらって家に帰った。

04

「ほんと、人は見かけによらないわよねぇ」

「ですよねー、びっくり」

「ユミちゃん、大丈夫？　気をつけた方がいいわよー」

「やっぱりそうかしら……」

「そうよ。ほら、前に小学生を殺しちゃった事件、あれも最初猫を殺したんでしょ？

トンカチで殴ったりして」

「でも四六時中見張ってるわけにもいかないし……」

「言っといた方がいいわよー、あのお兄ちゃんには近づいたらだめって」

「でも、子供にそんなこと言っていいかしら……なんて説明すれば……。ほんとのこ
と言ってユミが恐がったりしても嫌だし……」

「なに言ってるのよー、小さいときから変な人間も世の中にはいるんだって教えとか
なきゃー。なんかされてからじゃ遅いのよ」

「そうね。そうよね……」

「そうよ」

「でもお宅のアキヒロくんは立派よねー。今度、就職されるんでしょ？」

「いえいえ、まだ子供なんですよ。ほんとに社会に出てやっていけるのか心配で」

「保険会社でしたよね？」

「ええ、この時代に……大丈夫なのかって」

「いえ、ご安心ですよー」

そのころ唆十理はほとんど大学に行かなくなっていた。もともと朝が苦手ということに加え、本格的な冬の到来が重なって外に出るのが億劫になっていたためだ。もっとも、出席が十分に足りているので休んでも差し障りがないことも計算にあった。

その日はめずらしく、唆十理は昼前に起きた。が、日曜で大学も休みなため吉祥寺の本屋に出かけ、そこで購入した本をコーヒーショップで読んでいた。新刊が出ると必ず購入している時代物のマンガと、前々から読みたかった小説の文庫本の上巻だ。唆十理は文庫本でもなんでも、上下巻などあるものは上巻を読んでからしか下巻を買わないようにしている。マンガは十五分ほどで読み終えた。

日曜の昼下がり、コーヒーショップは主婦や学生で混んでいた。唆十理は二人がけできるテーブルの窓際に座っていた。他のテーブルはほとんど埋まっている。一人客はみなカウンター席や中央の円形になった大テーブルに座っている。

雑誌とコーヒーを持った中年の男が席を探している。若者を意識した恰好をしているが、腹が出ていて似合っていない。唆十理をちらりと見、テーブルの空いてる方の席を見た。唆十理は一人がけのカウンターにすればよかったと少し後悔した。唆十理が席を立とうかと思ったときカウンターの席が二つ空いた。女子大生風の二人組が男の横を通っていく。男は雑誌を持ち直し、その空いたカウンターの一つに向かった。

ビッグコミックスペリオールの表紙が見えた。購入したマンガが連載されている雑誌だ。唆十理はあえて雑誌は読まずにコミックになるのを待つタイプだ。が、ときたま待ちきれずに立ち読みしてしまうこともあった。あの男もこのマンガが好きなのだろうか。

文庫本を開く。六百ページ近くある厚手の本だ。唆十理はまわりの声が気になってしまうので図書館と自宅以外ではあまり本に集中できない。今も隣の主婦らしきおばさんの会話が耳に入ってきてしょうがない。だが、唆十理は文庫本の一行目で引き込まれた。若者の羞恥心のなさをストレートな言葉で批判している。

気がつくともう百ページ以上読んでいた。隣の主婦が若いカップルに代わっていた。外も薄暗い。帰ろうかとも思ったが、続きを読みたいのと居心地がいいのとで、もう少し居座ることにした。

相変わらず店内は混んでいる。ほぼ満席のようだ。ビッグコミックスペリオールの男もまだいた。雑誌は読んでいないようだ。貧乏ゆすりをしながら、やたらときょろきょろしている。

「すいません」

唆十理と同じ並びに座っているカップルの男が声の方を向いた。少し目が輝いてすぐにそれを恋人の方に戻した。

同い年か、少し下くらいの女の子が唆十理に向かって声をかけていた。

「あのー座ってもいいですか、ここ?」

はっとして唆十理は女の子の顔を見た。色が透けるように白いのと左の耳にピアスを開けているのが見えた。

唆十理は目だけで店内を見まわした。どうやら空いてる席はここだけらしい。

「はい」

喉が詰まって変な声を出してしまった。

文庫本に目を戻す。女の子がカップをテーブルの上において座る。紅茶だ。

一ページ読んで不意に唆十理は目を上げてみた。目が合う。女の子はちょっと愛想笑いをした。またすぐに本に目を落とす。

大学生か……いやなんとなく短大生っぽいな。唆十理はなんの根拠もなくそう思った。〈道聞き〉などで自分から話しかけるのは多少慣れているが、こういった不意の出会いは苦手だった。

紅茶を飲んだらすぐ出るつもりなんだろう。そう予想して唆十理は再び本の世界に没入した。

八章あるうちの四章目に入ろうとしていた。隣のカップルはあまりしゃべらないが、長いこと居座っている。女の子はまだいるようだ。盗み見てみると彼女もなにか本を読んでいた。ハードカバーだ。

「その人の本っておもしろいですか?」

見計らったように女の子が唆十理に話しかけた。

「あ、ああ、うん」

ようやくそれだけ唆十理は口にした。目で店内を見ると客はもうほとんどいなかった。ちょうどビッグコミックスペリオールの男が出て行こうとしていた。

「なに読んでるの？」

と、唆十理が聞いた。男が店内を振り返ってから、出て行った。

「これです」

女の子は読んでいた本の表紙を唆十理に見せた。誰もが知ってる恋愛小説が得意な作家の本の下巻だった。

「ああ、知ってる。でも読んだことはないなー」

「他の席空いてますね」

本に栞をはさんでから女の子がそう言った。

「席、移る？」

唆十理は心とは逆のことを口にした。このとき、この女の子が抜きん出て美しいことを唆十理は確信していた。ふと彼女が横を向く。額から鼻筋にかけてが緩やかなS字を描いていた。ハーフかクウォーターかもしれない。上着を脱いだのか、黒いノースリーブのセーターが似合っている。

「サコンさん……じゃないですよね？」

唐突に女の子が聞いた。

「ん？」

「ナオコです、わたし」

「ん？　いや、おれは大浦って名前だけど……」

なんとなく的はずれな返答だと思った。

「ですよね。多分違うなーって思ってたんですけど」

「なに？　よくわかんないんだけど。人違い？」

「はい。待ち合わせしてたんです」

「ああ。……初めて会う人なの？」

「はい。メル友なんですけど」

「メル友？」

唆十理は大学のパソコンでインターネットをするくらいで、その辺の事情には疎かった。

「メール友達ですよ」

テレビでメールから恋愛は成立するか、という番組をやっていたのを思い出した。

「五時にここで待ち合わせしたんです」

唆十理は壁の時計を見た。六時半過ぎだ。

「テーブル席に座ってるからって」

「ああ。満席だったからね」

「だから、あと雑誌を持ってるから、それが目印だったんです」

「文庫本とマンガだよ」

唆十理はテーブルの上に置いてある自分の本を目で指した。

「ですよね」

「相手はどんな人か知ってるの？」

「二十九歳のサラリーマンで、身長一七五センチの体重六七キロ。顔は萩原聖人似らしいんですけど」

「んー、おれは二十歳の大学生。身長は一七二センチ、体重は六十キロくらいだよ」

「ぱって見たとき、萩原聖人に似てるって思ったんですよね」

「おれが?」

「はい。多分本読んでて下向いてたから」

　唆十理は萩原聖人の顔を思い浮かべようとしたが、よく思い出せなかった。

「初めて言われたよ。ジミー大西なら似てるって言われたことあるけど」

「はははは っ、似てないですよ全然」

　今まで緊張気味だったのが一気に弾けたように彼女は笑った。笑顔は幼いなと唆十理は思った。そして、予想以上にウケたので、気分がよくなった。

「だよなー、言われたときムカついたもん」

「あはは、でも、萩原聖人でもなかったです」

「そう?」

「はい」

「んー、おれが見てた限りじゃ萩原聖人はこの店にはきてないなー。まあ、ずっと本読んでたから、わかんないけど」

　唆十理は大袈裟に辺りを見まわしてみせた。隣のカップルがなにか冗談を言って盛り上がっている。傍から見ればどちらもカップルに見えるかもしれないと唆十理は思った。

「スペリオールって名前の雑誌なんですけど……」

「ああ、ビッグコミックスペリオールでしょ?」

「はい、確か」

「あはははは っ!」

唆十理は目が合った中年男がそれを手にしていたのを思い出した。女の子は突然笑った唆十理を見てきょとんとしている。

「そいつなら見た。さっきまでいたよ」

「え、そうなんですか?」

「うん」

「どんな人でした」

「ああ、でもそいつも違うかも。だって中年だったよ、どう見ても。スペリオールは確かに持ってたけど」

女の子はちょっと思案した。

「だったら、きっとその人ですよ」

「え、でも二十九には見えなかったよ」

「十歳くらいのサバは読みますよ」

唆十理は十どころではなかったと思った。

「メールだとなに書いたってわかりませんからね」

「でも、会ったらわかるじゃん」

「三十九歳だったら会う前にメールきませんよ、援交以外じゃ」

「ふーん。君……ナオコさんだっけ？」

「いえ、それはハンドルネームです」

「ああ」

「本名は理沙です。理科の理に、サンズイに少ない」

「ああ、理沙さんはどんな子だって、メールに書いてたの？」

「ナオコ、二十歳。女子短大生。身長一六〇センチ、体重はヒミツ。顔は……ロシアン・クウォーターなんで日本人っぽくないです」

理沙はちょっと肩をすくめ、わざとらしい嬌態《しな》をつくって一気にそう言った。唆十理は自分の見立てどおりに言われて、内心驚いた。

「そんな感じ、だね」

「そう見えます？」

「まあ、少なくとも十歳サバ読んでるとは思えないな」

「ふーん、じゃそういうことにしとこ」

「違うの？」

「いいじゃないですか、ね」

含みのある言い方だ。

「あれ？　お名前なんでしたっけ？」

唆十理は少し考えてから、名乗った。

「唆十理。大浦唆十理」

「あ、ステキな名前ですね」

「メル友に会うのってはじめてなの？」

「いえ、三回目かな」

「へー、やっぱ流行ってるんだ。それで彼氏できちゃったりするの？」

「いちばん最初会った人はすっごいカッコよくて、つき合いました。二番目ははずれ。

ヤバイおじさんでした」

「へー。じゃあ、今回もはずれだったと思うよ」

「そうなんですか？」

「うん、お腹出てるオヤジだったよ」

「あら。でも、唆十理さんと出会ったから、いっか」

「そりゃあ、どうも」

変わった子だな。でもなんか魅力的な子だ。唆十理は思った。そのとき携帯が鳴った。

「わたしのじゃないですよ」

唆十理のだ。大学に入学するときはじめて買ったやつで、かかってくることはほとんどない。家に置いたままにしておくことも多いが、今日は尻ポケットに入っている。

表示を見ると智子からだった。

「あ、もしもし……ん、外……いや一人……」

ちらりと理沙を見る。理沙は邪気のない笑顔で「カノジョ？」と口パクして見せた。

苦笑いして頷く。

「今日？　別にいいけど。……七時ぐらいには帰ってると思う。……うん……うん。……わかった。じゃあね」

切ると同時に理沙が声をかけた。

「彼女いるんですね？」

「まあ、いちおう」

「……そっか、じゃあ、お友達になりません？」

「え、ああいいよ」

「携帯、教えてください」

「ああ、言うよ。０９０──」

理沙は番号を打ち込む。唆十理の携帯が再び着信を告げる。

「それ、わたしの番号です」

番号は０７０となっていた。

「ＰＨＳなんだ？」

「お金ないんですよ、高校生は」

「高校生なの？」

理沙は「あっ」という表情をしたが、心底からではなかった。

「まあ、そんなとこですよ」

「実際はいくつなの？」

「んーまあいいじゃないですか。追々わかりますよ。それより漢字。オオウラサトリってどう書くんですか？」

峻十理は深く追及せず、いつものように漢字を教えた。理沙は峻十理の顔を見て、頷いてから、携帯のボタンを操作した。

「これでいいですか？」

携帯のディスプレイには「大浦峻十理」ときちんと表示されていた。頷いてみて、今度は峻十理が名前を聞いた。「奥川理沙」と彼女は言った。

時計は七時十分前だった。バスに乗れば五分で家に着くはずだ。

「じゃあ、今度、電話するね」

峻十理はそう言って席を立った。

「シーユーアゲン」

理沙は、英語を覚えたばかりの中学生のようにそう言った。

峻十理はニコっとして、店を出た。

もう真っ暗で夜気が火照った頬に気持ちいい。振り向くと窓越しに理沙が手を振っていた。峻十理も手を振ってみせて、駅前のバス停に向かって歩き出した。

〈道聞き〉とは違う、新鮮な出会いを峻十理は感じていた。

「逆ナン……じゃないよな」

峻十理は独りごちた。

05

「毎日です」

「え、そうなの？」

「同じやつ？」

「はい。多分」

「顔は見たことないの？」

「はっきりとは……若い人じゃない、ってのはわかります。おじさん、サラリーマンだと思う」

「ずっと一緒なの？」

「いいえ、その人は吉祥寺で降りますね」

「マジで？　捕まえて突き出せば？」

「以前、やったんですよね。そのときは違う人だったけど。あれって時間かかるんですよ。遅刻しちゃうから、また行かなくちゃいけないし」

「別の日に?」

「はい。それで、どういうふうに触られたかとか、説明させられるんです」

「やだなー」

「やですよ」

奥川理沙に会ってから一週間が過ぎていた。

あの日、唆十理がバスに乗り遅れて七時十五分ごろ家に着くと、すでに智子がきていた。サークルでクリスマスパーティをやるらしいが、行ってもいいかと聞かれた。行ってもいいよと答え、セックスした。智子はそれから三日間、唆十理のうちに居続けた。二人とも大学をサボって、朝昼晩セックスした。

智子は丹念に腰をくねらせ、唆十理はずっと奥川理沙のことを考えていた。電話したかった。が、なんとなく躊躇われる気持ちもあった。智子に対するうしろめたさではなく、もし理沙が出なかったら、出たとしてもなにを話せばいいだろうか、という不安からだった。自分から連絡をとりたいと思う人間に出会ったのは久しぶりだった。

智子はセックスの最中ずっと「わたしのこと好き?」と聞いてきた。その度に「好きだよ」と唆十理は答えた。

四日目の朝に、レポート書かなきゃと言って智子は帰っていった。

呆けたように過ごして、日曜日の朝、唆十理は思い出したように理沙に電話した。

もう二時間以上会話している。

「ねえ？」

唆十理が問いかける。

「あした会わない？　朝、きみと同じ電車に乗るから」

「え、でも」

「何時に電車乗るの？」

「え、いいですよ。そいつを捕まえようとか思ってるんですか？　そんなことしなくていいですよ。会うんなら、普通に会いましょうよ」

「いや、捕まえようなんて思ってないよ。ただきみが学校に通ってる姿が見たいだけ」

「へんな人ですね、唆十理くんって」

「きみもね」

「立川をだいたいいつも七時半くらいに出ます」

「そっか」

「よかったら吉祥寺駅にいてくださいよ」

「ん?」

「ホームの一番先に立っていてください。わたし、最後尾の車輛に乗ってますから。ホーム側のドアに立って、唆十理くんのこと見てるから。一瞬すれ違うとき、見てて欲しい」

「一瞬か……」

「それだったら、いいですよ。朝会っても」

「なんかステキだな、それ」

「でしょ?」

06

「ねえ、絶対ヤバイって。アヤコがこないだナイフ持ってるの見たんだって、ランボーナイフっていうの？　こんなでかいやつ」

「マジで？　そうだ、わたしのお姉ちゃんが昔通り魔を見たんだって、新宿のど真ん中で。おれは国王だーとか叫びながらのこぎり振りまわしてるの」

「のこぎり？」

「そう。すぐに警察につかまったらしいんだけど、眼ぇ見たら背筋が凍ったって言ってた。憎しみとか怒りとか、そんなんじゃないって、人形の眼だって、現実じゃなくてもうどっか異次元を覗きこんでる眼だったって。わたしその話聞いて、しばらく人込み歩くの恐くなったもん……あいつってそんな眼じゃない？　現実感ぶっ飛んでない？」

「きっと、いつか……近いうちに人殺すような気がする」

「大学はなにも手を施さないのかな……」

「そういうもんよ。なんでもそう。起こってから……人が死んでからしか組織って動こうとしないのよ。それに、いきなり自分とこの学生に、あなたは異常者だから学校にこないでください、とは言えないでしょ」

「親は？　なんもしないの？　病院行かせるとか……普通気づくでしょ、あれだけおかしければ」

「いや、意外とけろっとしてるのよ。あんなのうちの子じゃありませんみたいな。もしくは、親もイッちゃってるのかもね」

「きっとそうだわ」

理沙との邂逅《かいこう》から一年近くがたっていた。

あの朝、唆十理は約束を破った。吉祥寺駅上りホームの最後尾に立って理沙を待っていた。一瞬ではない、長く彼女に会っていたかった。彼女を痴漢するやつをこの眼で確かめ制裁を加えてやるつもりだった。

電車が滑り込んできて、減速していく。唆十理のほぼ正面にドアがくる。理沙は俯いていた。ドアが開いて理沙は降りる客に押されるようにホームに出てきた。

唆十理はできうるかぎり気安く声をかけた。理沙は、はっと驚いて、当惑した。

サラリーマン風のおやじが、ちらっと唆十理を見た。

どいつが犯人か急いで唆十理は聞いた。が、理沙はなにも答えず電車に乗り込んだ。唆十理の目を見ずに。

乗り込むべきか迷っているうちにドアが閉まり、電車は唆十理の前から去っていった。

さらに一週間後、智子から電話があり、恋人関係が終了した。理由は相性が合わない、ということだった。

唆十理は理沙に電話したが、解約したらしく、「現在使われておりません……」というアナウンスを聞いただけだった。

今、唆十理は「財政学」の授業を受けている。二年になってぐっと専門科目が増えてきた。うしろではいつものように女の子たちが生き急ぐようにおしゃべりしていた。コオロギくんは相変わらず奇行を繰り返していたが、最近はそれがいよいよエスカレートしてきているようだ。今では経済学部だけでなく、大学内の多くのものが彼を知っている。噂では近いうちに教職員会議が開かれるという。

なにも変わらない。ただ日々は過ぎ去るのみだった。

「今度ミスに選ばれた子、知ってる?」

話題は次から次に変化していく。

「ああ、確かうちらと同じじゃなかった? 経済の二年でしょ」

「そう。ほらあそこに座ってるじゃん」

「ああ」

「夏木美染っていうんだけど……」

唆十理はすぐさま、その名前を大昔に当人から聞いたのを思い出した。ナツキミソメ。いまだにどんな漢字を当てるのか知らない。

彼女が、祥華大学のミスキャンパスに選ばれたのは先月の学園祭でのことだった。唆十理は興味もなく、彼女がエントリーされたことすら今まで知らなかった。

最近ではほとんど目が合うことすらなくなっていた。唆十理が〈道聞き〉したことなどとっくの昔に忘れて、自らのキャンパスライフを謳歌しているのだろう。

「あの子、出会い系サイトとかやってるんだって」

「え?」

「出会い系でいろんな男と知り合って、やらしいことしてるんだよ」

「それって援助交際？」

「いや、お金ももらうらしいけど、単純にエッチが好きみたい」

「だったら彼氏とすればいいじゃん」

「ううん。それがすごいんだって。サークルの子が言ってたけど、彼氏とかがあきれるくらいやりまくるらしいの。ヤリマンってわけじゃなくて、いちおうきちんと彼氏つくるらしいんだけど、男が勘弁してくれっていうぐらい求めてくるんだって」

「なにそれ。ただのインランじゃん？」

「いや、もしかしたらセックス中毒かも、って言ってた。快楽っていうよりも、精神的なものを求めてる、って感じ？　だから学内だけじゃ足りなくて、そういうの……してるんだって」

「セックス……って。病気なの？　ただの噂じゃない……見た人いるの？」

「さあ……。でも、新宿のホテルから出てくるの見られたらしいよ。しかもそれがさー、うちの大学の教授らしいんだよねー」

「マジ？　だれ？　その教授って？」

「いや、名前はよくわかんない。みんな教授の名前なんていちいち憶えてないし……。

ま、その教授と一緒に、っていうのは尾ひれだとも言えるけどね」

「そっか。でも人ってわかんないねー。きれいはきれいだから、男にはそりゃあ不自由しないだろうね」

「うん、まあね。でもさ、あの子ってなんか暗い感じしない。田舎くさいっていうか……」

「するする。女から嫌われるタイプね。なんかさー男欲しがってるーってオーラが出てんのよね」

「てか、顔も整形っぽくない？」

「あ、それ、わたしも思った。目と鼻でしょ？」

「整形までしてミスになりたいのかよ」

「ミス整形じゃん？」

「ははは、ウケる」

　唆十理は美染の姿を見つけ、改めてその横顔を見つめた。すっと伸びた高い鼻は、ゴシップを招きやすいのだろうか。「薄幸美人」という言葉が浮かんだ。くだらなすぎて苦笑もできない。

彼女がどういう人生を歩もうと晙十理には関係なかった。〈道聞き〉とは決して人生の交わることのない他者に対して行う、晙十理の運命に対する密やかな越権行為なのだから。

美染はただの「顔見知り」である。いや、それ以下の関係だ。

07

「はい……」

「あ、起きてました?」

「はい……」

「あのー、ユカに携帯教えてもらってかけたんですけど……ユカから聞いてます?」

「は? いや、よくわかんないんだけど……きみ、だれ?」

「あ、ナオコです。ユカと同じクラスの」

「はあ……それで」

「いや、彼女探してる男の子知ってるってユカに言われて……」

「あの、多分おれ、ユカって子知らない。番号間違ってない?」

「090──」

「うん、それ、おれの番号」

「えー、じゃあ間違って聞いちゃったのかな……」

「多分そうじゃない」

「ごめんなさい。起こしてしまって」

「ああ、別に……」

「すいませんでしたぁ」

「あ、はい」

切ると携帯のディスプレイには『11月30日（月）2：29』と表示されていた。唆十理はようやく寝ついたばかりだった。こんな時間に知らない男に電話するやつもいるのだ。声からして十代だろう。深夜族という意味では唆十理も人のことは言えないが、少しは常識をわきまえろという気分だった。しかも、間違いだ。

トイレに立つ。冷蔵庫からペットボトルの水をとり出し、そのまま飲む。暖房がついていないので部屋は冷える。

ふう、と溜息を洩らす。智子と別れてからは、ずっと独りだ。いい加減さみしいような気がする。特にこんな夜中に目覚めるとなおさらだ。

唆十理は台所の水道で手を濡らした。冷たい。目も冷やす。

さっきの女の子は、どうやら友達に紹介してもらった男に電話をかけるつもりだったらしい。どいつもこいつも出会いに飢えてる。男は女を、女は男を。冷えた寝床に入るのがいやで、その場しのぎの出会いを求めているのだ。唆十理は山奥にこもった老人のような気分でそう考えた。

携帯の着信を見てみる。０８０――。ここ最近、携帯の番号が０９０から０８０へと変わったようだ。０９０ではじまる番号の組み合わせがネタ切れになったらしい。ふと、０９０の番号の組み合わせは、いったい何通りあるのだろうと唆十理は思った。苦手な暗算をしてみる。十の八乗……一億通り。唆十理はぞっとした。番号はこれからも増殖していくのだ。無数の数字の組み合わせが、宙を舞い、人と人をつなぐ。まったく知らない他人とでもこの番号によって一瞬だがつながることもできる。かけてみようか、と思いついた。これもなにかの縁だし、友達にでもなろうよ。よかったら恋人でもいいよ。

自分は他人との濃密な関係がいやなんじゃないか。だから〈道聞き〉程度の関係を、時折誰かと持てば、それでよかったのだ。誰とも接触しないのでもなく、誰とでも深くつき合うのでもなく、〈道聞き〉程度の関係がよかったのだ。

唆十理は着信履歴を消去した。また、ぼんやりとディスプレイの『２：３５』という数字が浮かび上がった。

そのとき、また携帯が鳴った。今しがた消去した番号からだ。

「はい。間違いですよ」

「あ、ごめんなさい。怒ってます？」

「いえ、別に」

「今、ユカに電話して番号確かめようとしたんですけど、なんか寝ちゃってるみたいで、出ないんですよ」

まあ、この時間寝てる方が普通だ。

「それで、もしよかったらお話しません？」

「え？」

「なんか、お兄さんって、カッコイイ予感がするの」

「お兄さん……って、きみいくつ？」

「お兄さんはいくつですか？」

「二十一歳だけど」

「大学生？」

「そうだけど」

「どこ行ってるんですか？」

「なんで言わなきゃなんないの？」

「いいじゃないですかー、それぐらい」

「君は、なに、高校生？」

「はい。高二です」

「ああ、そう、若いねー」

彼女は、ナオコという十六歳、高校二年生の女の子らしい。唆十理が祥華大の学生だというと自分も吉祥寺の女子高に通っていると告げた。

「唆十理さんって誰か似てる芸能人います？」

ジミー大西、と言いそうになって思い出した。

「あ、前に萩原聖人って言われたことある。一度だけだけどね」

「じゃあカッコいいんですね？　あはははは！」

突然、女の子が笑い出した。

「それって理沙に言われたんでしょ？」

峻十理ははっとした。理沙とは奥川理沙のことだろう。

「え、きみはだれ？」

峻十理は理沙本人じゃないかと思った。番号は変えてないので知っていて当然だ。だが、声の高さが違う気もする。もう一年近く前のこと。しかも会ったのは二度。二度目は言葉を交わしていない。

彼女——ナオコ。そうだ、確か理沙もハンドルネームをナオコと言っていたような気がする。

「ああ、それ、わたしの名前使ってたんですよ。わたしはハンドルネーム、リサだし。お互いの名前をネットでは使ってたんです」

ナオコは直子というらしい。今日、理沙が泊まりにきており、今は自分の部屋で寝ているという。直子は、理沙の携帯から勝手に番号を盗み見て、電話をかけたという。

「以前、一年くらい前だったかな。理沙が言ってたんです。メル友に会いに行って、別の男と知り合ったって。萩原聖人とまではいかないけど、なんか魅力的な男だって。気に入ってるみたいだった。でも、なんか約束を勝手に破ったから、切ったって」

「ああ、多分、それ、おれ」

直子は今度会わないかと言ってきた。会いたかった……奥川理沙に。直子との仲を深めれば、そのうちまた理沙に会えるかもしれない。唆十理はそう算段した。今週の日曜に西武新宿駅の前で待ち合わせることにした。直子の家が西武新宿線沿いにあるからだ。

「グッナイ」

直子はそう言ってから電話を切った。『３：００』だった。

唆十理は寝ようと思ったが、目が冴えて寝つけそうになかった。

唆十理は思った。東京にきてからもう二年近くたつのだ、と。もしも、自分が浪人してなかったら、地元の国立大に合格《うか》っていたなら、こんなことはなかっただろう。自分ももう東京人なのだろうか……いや、「東京人」とは地方から出てきた東京に住む人間のことを言うのかもしれない。ナツキミソメもそうだ。彼女はミスに選ばれたらしい。祥華大の過去のミスの中にはタレントになって活躍しているものや、アナウンサーになったものもいる。ナツキミソメもこれから雑誌などに載るようになるのだろう。唆十理が〈道聞き〉したとき、その「偶然」の出会いを喜んでいたのが懐かしい。彼女は寂しがりやだったのかな。唆十理は彼女のよからぬ噂を思い出した。あのとき、人との出会いに飢えたような美染の表情を考えると、唆十理はまんざら嘘ではないかもしれないと思った。ミスになったのも――もちろん彼女が美しいからだけど――一人になりたくないという彼女の無意識の願望が、そうさせたのかもしれない。

直子はどんな子だろう。そう思いながら、いつのまにか唆十理は眠っていた。

08

「大学教授による不祥事です」

と歯切れのよいアナウンサーの言葉が部屋に響いた。

土曜日、大学は週休二日制なので休みだ。唆十理は昼ごろ起き、別段なにもすることもなくぼんやりとテレビを見ていた。明日は直子と会う予定だ。

「私立大学教授、わいせつ図画販売で逮捕」というテロップが同時に映し出された。

その直後、唆十理は見覚えのある大学の並木道を見た。

「都内、祥華大学の経済学部教授、相田政則五十二歳は、インターネットの出会い系サイトを通じて出会った女性に対してわいせつな行為をし、それをビデオで撮影。インターネット上で販売したわいせつ図画販売の容疑で埼玉県警に逮捕されました」

唆十理は、さすがに驚いた。その教授を直接は知らないが、祥華大の教授であることは間違いないようだ。

カメラはパーンしながら学生の足元を映している。自分が映っているような気がして、冷や冷やした。

「面倒見がよくて……、ゼミとかでも人気があったみたいですけど……」

「いやあ、ちょっと、ショックですねー」

首から下だけの「大学生」たちがインタヴューに答えている。すぐに映像はスタジオに切り変わった。たいしたコメントもなく最近頻発している通り魔事件のニュースに移った。

人は見かけによらない。わからない。まさか自分の大学の教授がそんなわいせつな行為で逮捕されるとは思いもしなかった。最近そういった類の事件は珍しくないとはいえ、実際身近で起こってみるとそれなりにショックだった。しばらく呆然とその顔も知らない教授について唆十理は想像してみた。

「犯人は道を聞くふりをして主婦に近づき……」

唆十理は再びテレビの声に反応した。

「包丁のようなもので突然切りつけたそうです」

路上に主婦が映っている。レポーターに対して身振り手振りでそのときの状況を説明している。

「前から歩いてきて、××町三丁目はどこですかーって、聞いてきたんですよ」

主婦は右手に包帯を巻いている。持っていた買い物袋で応戦し軽傷ですんだらしい。レポーターは神妙な面持ちで相槌を打つ。路上の血痕を映したあと、犯人が逃げ去ったという方向をカメラが映す。

「道を聞くことで警戒心を緩めるという、人の親切心を利用した卑劣な手口に憤りを覚えます」

レポーターはそうまとめた。


「あ、これだよ、これ」

「へー」

「ここで探せば、画像とかあるかもね。へへ」

「マジで?」

大学のパソコンルームは土曜日なので空いている。ニュースを見たあと、唆十理は部屋にいても落ち着かず、なんとなく大学まできていた。キャンパスを一周し掲示板も見たが、これといって変化はなかった。まだ事件に対して大学はなんのアクションも起こしていないようだ。

「えー、うそぉ」

「うるせえって、しーっ」

「……すげえな、ネットって」

前の席で二人の男が騒いでいる。どうやら事件についてネットで調べているようだ。細かい文字までは見えないが、掲示板を見ていることはわかる。唆十理もニュースサイトなどをいくつか覗いてみたが、テレビで言っていた以上の情報はほとんどなかった。ただ相田教授は出会い系サイトのプロフィール欄には『大学教授』ではなく『自営業者』と書き込み、年齢も四十八歳としていたことがわかった。

「な、だろ?」

「ゼミ生か」

「ありえるよな」

掲示板サイトから、違うページに移動している。唆十理は『相田政則』『ゼミ』で検索してみた。二十一件ヒットし、いくつかを開いてみた。その中にゼミ生が作ったらしいページがあった。

『夏木美染』

　ゼミのメンバー紹介にその名前を見つけた。「ナツキミソメ」おそらくそう読むのだろう。いままでどんな漢字を当てるのか知らなかったが、唆十理はその名前の持ち主を知っていた。

「じゃあ、そのミスがビデオの中に映ってる可能性もあるじゃん？」

「ありえるね」

　唆十理は『ミス』『夏木美染』でもう一度検索してみた。二件ヒットした。ミスコンを主催したサークルのページだ。そこには彼女の簡単なプロフィールと写真が載せられていた。やはりあの「ナツキミソメ」だった。

「なるほどねー。わいせつ教授のゼミ生が今年のミスって。想像力を掻き立てる設定だなー」

「想像って言うか、妄想ね。あ、おれらもさっきの掲示板に書き込もうぜ」

「あ、いいねー」

「実はＡＶにも出演していた！　とか、どう？」

「んー、もう一ひねりだな」

掲示板には相田教授の事件についての憶測や妄想が書き連ねられ、そのゼミ生である「今年のミスキャンパス」が出演したビデオが存在する、という話題で持ちきりだった。

唆十理は一通り掲示板に目を通し、猛烈に気分が悪くなった。九九パーセント嘘に決まっている。わかっているが、その嘘を書かずにはいられない人間の業のようなものに嫌悪感を覚えた。それは自己嫌悪でもあった。

唆十理はネットをやめ、パソコンルームから出た。気分が優れないせいか、腹の調子が悪い。唆十理はトイレに駆け込んだ。パソコンが置いてあるわりに設備は古く、トイレのドアも合板でできている。あわて気味に便器に腰かけるが、なにも出ない。

ふん、と鼻で笑ってみる。顔を上げるとドアには無数の落書きがあった。

『ミス候補の右から2番目と きのう ヤッタ しまりサイコー!!』

コンパスかなにかで彫ったのだろう。そう書いてあった。彫った跡がくすみ、年月を感じさせる。

『↑テメーおれの女とナニしてんだよ　殺す!!』

油性ペンかなにかで書いてある。まだ真新しく黒光りしている。唆十理もなにか書き込んでやりたくなった。が、なにも書く道具がない。

よく見ると『バカ』や『あほ』から『FUCK YOU』まで落書きの定番がいくつも書いてあった。唆十理は個室便所の中で忍び笑いをした。

蛇口で手を濡らしてトイレから出た。開けようとしたドアに小さく『ヨーコLOVE』と書かれているのに気づいた。ジョンが書いたに違いない。

キャンパスは閑散としている。「顔見知り」の眼鏡の学生が図書館から出てくるのに気づいた。相変わらず重そうなリュックを背負っている。いまだに名前すら知らない「顔見知り」だ。今日は隣に女性がいる。彼が誰かと一緒に歩いているのを見たのは初めてかもしれない。熱心に身振り手振りを加えながらなにか話している。連れの女性はそれにいちいち頷いている。唆十理はその二人をぼうっと眺めていた。二人とも時折にこやかに笑う。

「やっぱり最後はLOVEなのだろうか?」

唆十理がつぶやいた。

09

「もうついてるよ」

「全然、変わってないですね。遠くからでもすぐわかりましたよ」

「え？」

「紺のパーカー、着てますよね？」

「ああ、そうだけど、どこにいるの？」

「さあ、それはヒミツです。わかってると思いますけど、わたし理沙ですよ」

「え……？」

「お兄さんって、ほんといい人なんですね。まあ、だから好きなんですけど」

「やっぱりきみは、理沙さんなんだね？」

「一年前、初めて会ったときわたしの読んでた本、憶えてます？」

「ああ、憶えてるけど」

「あれに出てくる女の子って直子っていうんです。直子」

「そうか……直子ね」

「今日は会えないけど、この番号わたしのなんで、いつでもかけてください。シカ電したりしないから」

「……ああ、わかった」

「不審がらないでくださいよ」

「一つ聞いていい？」

「はい」

「コーヒーショップで相席したのは、本当なの？」

「んー多分、本当です」

唆十理は辺りを見まわした。無数の人間が歩いている。理沙の姿はどこにも見つからない。一生に一度くらいこういうこともあるのかもしれない。こういう出会いも。

これも出会いだよね？——美染の姿が浮かんだ。

「これも出会い……なのかな」

唆十理は思わず口走ってしまった。少し間があってから、

「超純粋な出会いですよ」

彼女がきっぱりと言った。

「そっか」

「はい」

「じゃあ、おれも本当の名前を言うよ。大浦峻十理って本名じゃないんだ」

「……はい、多分そうだろうって思ってました」

「そっか、そうか、わかってたのか。ああ、そうか……」

「今度会ったとき教えてください。わたしも教えますから」

「うん、今度会ったとき、ね」

峻十理は通話をやめた。携帯を耳からはずし、ディスプレイを見た。一秒ずつ通話時間が過ぎていく。峻十理は空に向かって思い切り携帯を投げた。思ったほど回転もせず、携帯は一瞬真っ青な空をバックにして気ままに落下してきた。

幸い通行人には当たらなかったが、ディスプレイに大きなひびが入り、まったく見ることができなくなった。辛うじて右端の通話時間の表示は見て取れた。まだ、時を刻んでいた。

峻十理は通話ボタンを一度押して、その携帯を近くのダストボックスに叩き込んだ。

不燃ゴミだ。空っぽだったらしく、音が響いた。

立ち去ろうとしたとき、携帯の着信音が鳴った。ゴミの中からだ。こもった電子音が耳に届く。なんだか母親とケンカしたあとのような気分だ。

電子音が鳴りやまない。

唆十理は売店の店員に「ＪＲはどっちですか？」と尋ねて、いつもは食べないガムを一つ買った。


ＪＲで帰ったのは、吉祥寺を歩いてみたかったからだ。唆十理はなんだか家に帰るのが惜しかった。

唆十理は、一つお芝居をしてみることにした。唆十理の一人芝居。エチュードというやつだ。舞台は吉祥寺駅北口改札。テーマは「待ち人」だ。

唆十理は改札で誰かを待っている。誰かはわからないし、いつくるかもわからない。ただひたすら「誰かを待っている」人間を演じるのだ。観客はそこにいるすべての人間——改札を抜け出てくる人々、駅員、これから電車に乗る人々、同じように誰かを待っている人。

峻十理は演じた。どこまでも演じた。詳細な設定を後づけしながら、誰かを待った。三十分か三十時間か、時間の飛躍さえそこでは起きそうだった。

「待ち人」は、きた。

ナツキミソメだ。北口の一番左側の改札を通って彼女がやってきた。やあ。峻十理は演じた。待ち合わせの相手がやってきた芝居をした。

ナツキミソメと目が合った。何事もなかったかのように、彼女は峻十理の前を通り過ぎていった。

そして、彼がきた。真の待ち人が。

ヘッドホンのリズムが彼の歩調とシンクロしている。コオロギくんだ。

待ちくたびれたよ、にするか、早かったね、と言うべきか、峻十理は迷っていた。ことのほか、エチュードは順調だ。観客もくぎづけだ。

ナイフ。ナイフ。ナイフ。小道具が鈍い光を放つ。らんぼうないふ。

きっとこうだ。

「刺せ、刺せ、刺せ。殺せ、殺せ、殺せ。淫売婦を刺し殺せ。ぱっくり空いた孤独の穴におまえの男根をねじ込め。おまえは自由者だ。あやゆる抑圧から解放された被解放者だ自由者だ。抑圧の皮を削ぎ落とせ。おまえは孤独を知らない自由者なのだ。刺すのだ――」

唆十理はヘッドホンから流れるそのラップを確かに聴いた。

コオロギくんと美染の距離はどんどん縮まっていく。誰かが、ナイフ持ってる、と言ったような気がしたが唆十理は気にしなかった。

「すいません」

コオロギくんが唆十理を振り向く。ナイフみたいに鋭い眼、と唆十理は形容した。ありきたりな表現だ。

「すいません。道を聞きたいんですが……」

声はいつもの感じだった。唆十理は次の演目に移っていた。「道を聞く」という芝居だ。

コオロギくんの眼は澱んでいる。ただ唆十理の眼の中になにかを必死で捉えようとしている。

「あの、道を聞きたいんです」

唆十理は少し大きな声で再び聞いた。

コオロギくんがヘッドホンをはずし、首にかける。

「はい。なんですか?」

「井の頭通りってどっちですか……?」

徐々に焦点が合いはじめ、コオロギくんの目が唆十理を捉えた。

コオロギくんはとても丁寧に道を教えてくれた。途中まで案内してくれるとも言ってくれた。唆十理は素直にお願いした。コオロギくんが一歩歩き出して、唆十理もそれに続いたとき、聞かれた。

「祥華大の人ですよね?」

00

「……ってかさ」

「凹凸ないじゃん……」

「カラオケいかがっすか」

「ちょっ……」

「ははは」

「え、自前の?」

「かなりお得じゃん」

「でも、いまいち……」

街の雑踏と雑音が唆十理の目と耳を掠めていく。街の雑音をCDにしたら案外売れるのではないか。そんなことをぼんやりと考える。

アーケードが雨から人々を守ってくれる。傘を差したまま歩いてる人もいる。それが街の愛嬌のような気がして、唆十理はちょっとだけ笑いたくなる。

一人でいるのに誰かと話せる携帯は今や必需品だ。携帯を捨ててから二週間、唆十理は誰とも会話をしていない。黙っているとどんどん心の中に埃や塵が溜まっていく気分だ。話す以外にこの埃や塵は掃除できないのか。

ふっと唆十理は人込みの中に理沙を見つけた。交差点。信号を待っている。唆十理は速足でアーケードを跳び出した。人込みを駆け抜ける。

「え、マジで?」

「おいおい」

間違いない。あの額から鼻筋にかけての緩やかなS字カーブは、理沙のものだ。

「そ……じゃん……と……ね」

「きもーい」

「でさ……」

「あはは……」

相変わらず他人の会話の断片が耳を通り過ぎていく。

「すいません」

びくっとして理沙は振り向いた。理沙ではない。全然違う汚い少女だった。

「あ、あ、あの道を聞きたいんですが……」

——〈道聞き〉すれば、他人と会話ができる。出会える。

少女はあとずさりながら、なにか恐ろしいものでも見るように、唆十理を凝視していた。信号が青に変わり、少女は無言で歩き出した。すぐに小走りになり、人込みの中に消えていった。

唆十理は動かなかった。動けなかった。その場に立ち続けた。

しばらくして雨が止んでいるのに気づいた。雲の切れ間から西日が射し、濡れた道路が黄金色に輝きはじめていた。

道には、唆十理の知らない他人ばかりが、歩いていた。

著者プロフィール
松田 龍樹（まつだ りゅうじゅ）
1980年、熊本県八代市生まれ。
2004年現在、成蹊大学在学中。

http://www.matsudaryuju.com

FUCKILLOVE

2004年6月15日　初版第1刷発行

著　者　松田 龍樹
発行者　瓜谷 綱延
発行所　株式会社文芸社
〒160-0022　東京都新宿区新宿1－10－1
電話　03-5369-3060（編集）
03-5369-2299（販売）

印刷所　株式会社平河工業社

ISBN4-8355-7042-1 C0093